그리움은 그리움을 낳고

연지 이영옥 시집

그리움은 그리움을 낳고

연지 이영옥 시집

예술의숲

<시인의 글>

그리움을 풀어내며

고향 연변을 떠나온 지 20년
늘 고향 생각에
허전함과 쓸쓸함으로 보낸 세월입니다.
맑은 햇살에 따스한 사랑이 내려
시린 마음 녹입니다.
느지막이 시를 공부하고 함께하면서
시로 그리움을 풀고
시로 보고픔을 달래며 꿈을 펼쳐갑니다.
시인으로 인도해 주신 주님께 감사하며
뒤에서 응원해 준 남편
그리고 아들에게 기쁨을 전합니다.

2023년 가을 연지 이영옥

<축간 글>

존경하고 사랑하는 어머니께

이 시집은 어머니의 따뜻한 마음과 무한한 사랑이 담긴 소중한 선물입니다.

어머니의 시는 우리 가족에게 힘이 되어주고 어려운 시기를 견뎌낼 수 있는 용기를 주었습니다. 이제 그 아름다운 시가 세상에 빛을 발하게 되어 기쁩니다.

어머니의 시는 삶의 아름다움과 슬픔 그리고 사랑의 깊이를 담아낸 소중한 보물입니다. 이 시집을 통해 많은 사람이 어머니의 따뜻한 마음을 느끼고 우리 가족이 받은 사랑과 행복을 나눌 수 있기를 바랍니다.

어머니

시집 출간을 진심으로 축하하며 앞으로도 어머니의 따뜻한 시가 계속 흐르길 바랍니다.

사랑하는 아들

신 룡

◈ 차 례 ◈ 그리움은 그리움을 낳고

1연지
울음과 웃음이 어린 창으로

2연지

타향에도 정이 있고 사랑이 있다

3연지

강물처럼 흘러 흘러

4연지
날이 가고 달이 가도

5연지

거울 앞에 앉아

1연지

울음과 웃음이 어린 창으로

잊어야 할까 간직해야 할까
그것도 추억이라고 연이어 스친다

추억의 열차

오랜만에 기차를 탄다
내 고향 연변에서
개혁 개방의 물결에
몸을 싣고 시간을 독촉한 열차가
차창으로 그림을 그린다

도문에서 심양으로
심양에서 도문으로
먹어야 산다는 숨길 하나가
숨 가쁘게 드나들었던 나날
빼곡 빼곡 앉은 사람 속을 비비며
기적소리에 새벽 눈을 뜨으며 달려오고 간 열차

오늘
그 추억의 길을 간다
울음과 웃음이 어린 창으로
잊어야 할까 간직해야 할까
그것도 추억이라고 연이어 스친다

뿌리를 박다

꽃병에 꽃을 키운다
뾰족뾰족 실오리 같은 뿌리가 나온다
내리고 내려도 잡을 곳이 없다
휘휘 내저어도 물뿐
잡아야 하는데
잡혀야 잡는데
잡을 곳이 없다
뿌리는 밤새도록 내저었는데

타국 생활 20년
산 설고 물설고
낯선 땅에 발붙인 몸
울먹대는 날들이
꼬리에 꼬리를 물고
비가 오면 비 맞고
눈이 오면 눈 맞고
질퍽 질척이는 땅에
뿌리박으려고 달린다

그리움은 그리움을 낳고

고향을 떠나온 지 엊그제 같은데
세월이 흘러 추억이 되었다
사랑하는 고향
정든 고향
날이 갈수록 그리움만 쌓인다
태어나 처음 안긴 어머니 품이어라
그 옛날 웃음꽃으로 떠들썩하던 고향 집
꿈길에서 만날까
잠들어 본다
가슴이 뭉클하는
고향 그리움에
눈물이 앞을 가린다

까치 소리

아파트 정원에
까치 한 마리가 날아와
아침을 깨운다

오늘은
어떤 좋은 소식 전해올까
오늘은 어떤 좋은 일 있을까

까치 소리는 희망이라고
까치 소리는 기쁨이라고
까치 울음에 마음을 달래보지만
까치 소리는 노래일까
까치 소리는 울음일까

까치가 매일
꿈에서도 깍깍
까치 소리로 하루를 시작한다

가고 오고

눈 뜨면 아침이고
뒤돌아보면 저녁이다
보고 싶어도 볼 수 없는데
가고 싶어도 갈 수 없는데
입 닫고 숨 막은 한 해가 간다
가고 가는 시간
그 시간에 타서 나는 고향을 떠나와
이제
언제쯤 갈 수 있을까
언제쯤 만날 수 있을까

또 새날이 온다
새벽을 깨우며 몸을 튼다
가는 세월 돌아보지 말고
오는 세월 잘 맞이하자고
중얼거리지만 다시 돌아보는 시간
가고 가기만 하는 시간을 돌리는 시침이
제자리이듯
나는 제자리에서 자꾸 돌기만 한다

초복 날

초복이다
원기 회복하고 무병하고자
찾아오는 손님
가계를 꽉 채운다
추어탕 삼계탕 오리백숙
이열치열
무더위 물리치는 영양 음식
손님들 얼굴마다 땀이 솟는다
힘이 솟는다
우글거리던 코로나도
땀과 함께 싹싹 날아간다
행복의 미소가 활짝 핀다
얼굴마다
더위를 감아올렸다 풀었다 하는
복더위
복이 들어온다

길

장맛비가 내린다
때로는 폭우가 내리다가
때로는 우박이 내리고
때로는 보슬비가 내린다

비에서
걸어온 길을 본다
때로는 눈물이 나고
때로는 웃음이 나고
때로는 쓸쓸하고 쓰라린 자리
고향에서 타향까지
몇 천 리, 몇 만 리
산 넘고 물 건너온 그 세월
십 년이면 강산이 변한다고
어느덧 두 번
아픔도 슬픔도 길이 되었다

바람 불지 않는 인생 어디 있으랴
바람이 불어야 나무가 깊이 뿌리 내린다고
시인의 길을 걷고 있다
꽃 피울 그날을 향하여

잘 익은 상처

아침 산책길
여기저기 상처투성이인 풀잎들이
손을 흔들며 반겨준다
상처가 많은 꽃잎이
가장 향기롭다
뒤돌아보면
상처 없는 사람 있을까
크고 작은 상처로
얼룩진 과거가 있어
오늘이 있다
상처를 잘 다스리고
이겨온 모습이 자랑스럽다
잘 익은 상처에선 꽃향기가 난다

동트는 새벽

새벽 4시 앞산 숲에서
새들의 울음소리 들려온다
뻐꾸기 부엉이 까치
이름 모를 새들의 정겨운 소리가
잠을 깨운다
하루를 시작하는 산새들
오늘은 먹이 찾아 얼마나 동분서주할까

학교 시절
새벽 부엌에서 아침 준비하시던
엄마 모습이 떠오른다
잠을 설치며 새벽과 함께 보내신 엄마
이제야 그 마음 헤아린다
엄마를 생각하는 새벽
눈물의 고마움을 알게 된다

햇빛

출근길에
햇빛이 차창으로 들어와
포근히 안아준다
힘내라고
사랑으로 안아주는 햇빛
엄마 품처럼 포근하다
저 먼 하늘나라에서
못난 딸 걱정하고 계실 엄마
보고 싶다

효도

엄마! 아빠! 일본 온천 다녀오세요
아들이 어버이날을 맞아 보내는 여행
하늘 위 구름 위를 날아
일본 후쿠오카로 떠났다
코로나19로 막혔던 여행길
훨훨 날아간다
웃음꽃 활짝 피는 얼굴
벳푸 온천으로 향한다
파란색 붉은색
여러 색의 온천수가 장기자랑이다
신기하다 정말 신기해
황호가 울려 퍼진다
좋은 세상 행복한 세상이다
엄마 생각에 마음 울컥한다
어려웠던 그 옛날
꿈도 못 꾸었던 여행
효도하는 아들 앞에서
머리 숙여진다
아들아 고맙다

민들레꽃

파릇파릇 싹이 올라온다
노란 민들레꽃이 피었다
봄이 오면 제일 먼저 떠오르는 고향
애처롭게 그리워지는 고향
민들레꽃이 나를 위로해 주지만
소리 내어 부를 수도 없고
볼 수도 없는 멀고 먼 그곳
고향집 돌담 틈으로 피어난 민글레꽃
엄마가 환한 미소로 반겨주던
고향집이 그립고 그립다

낯선 나이

길 것 같던 세월이 눈 깜짝할 새
육순을 넘어선다
육십 고령 노인 낯선 단어다
믿기지 않아 귀를 다시 기울인다
고령이라니~,

천둥 번개가 무서웠던 그 시절
이제 무섭지 않아 졌지만
그 시절이 그립다

봄맞이

봄이 와서 꽃인가
꽃이 피어 봄인가
하늘에 연한 바람이 불고
산새는 이 나무 저 나무에 봄소식 전한다
오순도순 산책 나온 청둥오리 가족

얼었던 마음 녹이며 찾아온 봄
시냇물 졸졸 소리에 꽃망울 웃는 봄
버드나무 잎 트고 봄 나비 나풀나풀
희망이 솟는다

그 시절의 봄날

아파트 정원 소나무 위에 까치집
새끼 품고 있는 엄마 까치
따사로운 봄이다
품 안에서 새싹이 돋는다
여기저기 뾰족뾰족

어린 시절 엄마 품은 따뜻했다
밤이면 어린 두 동생 껴안고
잠재우던 자장가
오늘도 그 노래가 들려온다
다시 돌아올 수 없는 그 봄날
그때 그 자장가 소리 듣고 싶다
아롱아롱 가슴을 파고드는
그 시절의 봄날이 그립다

엄마표 호박만두

설이다
만두를 빚는다
오색 가지 속을 넣고 맛을 낸다
그 옛날 설이면 온 가족이 모여 앉아
오순도순 이야기꽃 피우며 빚던 만두
오늘은 쓸쓸히 혼자 빚는다
엄마가 해주시던 호박만두가 떠오른다
없던 시절 여름이면
호박을 채 썰어 넣고 해주시던 호박만두
해와 달처럼
그림자와 이슬처럼
상처와 고통 한숨과 괴로움
엄마가 걸어온 삶이 배인 만두
엄마표 호박만두가 그립다

그 설날은

떡메 소리 떵떵
설날이 왔다 떵떵
한 살 더 먹는다고 깡충깡충 뛰놀던 조카들
사랑의 뿌리들을 만나는 기쁜 설날
언제부턴가 서로서로 멀어진 그 까치설날
설날이 오면 나무 위에 앉아
소식 전하던 까치는 어디로 갔나
그리움에 지치고 기다림에 지친 그날이
이제나저제나 언제 올까
기다림에 눈시울이 얼고 얼어
겨울비가 내린다

언제 그 설날이 올까
까치 소식만 기다린다

달은 그리움

깊은 밤
문득 창밖을 내다본다
달이 나를 보고 있다

어린 시절 고향 집
지붕 위에 두둥실 떠 있던 달
그리움을 달래주던 둥근 달
군대 간 오빠를 그리워하며
밤을 지새우시던 엄마
이제는 먼 하늘나라 계신다

아, 그리운 엄마
저 밤하늘 달빛에
엄마 얼굴 그려본다

2연지

타향에도 정이 있고 사랑이 있다

사랑 사는 곳은 어디나 같다고
엄마가 가르쳐주신 명언이다

이별 앞에서

꽃 피는 건 힘들어도
지는 건 잠깐이다
어릴 때 더디게 가던 시간이
바람같이 눈 깜짝할 사이
저녁녘에 서성인다
온 가족 모여 웃고 떠들던 시절
옛 이야기되고
하루하루 다가오는 이별의 슬픔

한세대의 이별이
또 한세대의 이별로 가까워 온다
무정한 세월
언젠가는 곁을 떠나야 할
서로 마음 비우고 슬퍼하지 말자
바람에 불려 가는 구름이라 생각하자
들꽃 스쳐 가는 바람이라 생각하자

타향에서

고향을 떠나온 지 20년
물설고 낯선 타향의 설움
참고 견뎌온 세월
손발이 닳도록 뛰고 뛰어
제2의 고향 정착했다

사람 사는 곳은 어디나 같다고
엄마가 가르쳐주신 명언이다
타향에도 정이 있고 사랑이 있었다
보이지 않는 곳에서
묵묵히 지켜주고 달래주고
사랑을 준 천사
그 사랑으로 시의 꽃을 피우고
그 사랑으로 시인이 되었다
타향도 정들면 고향이라더니

고향의 진달래

벚꽃 화사하게 필 때면
고향의 진달래꽃
아련히 떠오른다
봄이 오면 고향 산천은
진달래꽃 만발했지
정든 언덕에 꿈이 피는 고향
내 가슴 진달래는
사철 따라 피어난다
내 고향의 진달래
영원히 아름다우리

가을은 오는데

귀뚜라미 소리가 들려온다
들판엔 황금 벼이삭

내 고향 연변에도
가을이 한창이겠지
알알이 여문 곡식
지붕 위에 하얀 박
울타리에 노란 호박
과수원엔 빨간 사과 노란 배

가을은 오는데
내 가을은 가슴 깊이 머문다

고향 생각

- 추석을 맞이하면서

그립고 가고픈 고향
둥근 달덩이 두둥실 떠오르는
추석이 다가옵니다
어린 시절 꿈 많았던 곳
언제나 사랑을 주신 부모님
한 둥지에서 함께 한 형제자매
마을 앞마당 과수원 뒷동산
어디든 뛰놀던 친구들
모두 보고 싶습니다

부모님 계시지 않은 싸늘한 고향 집
추석이 다가옵니다
어머니의 발걸음 소리 들립니다
생전에 못 오신 타국
딸 보러 오시나 봅니다
그리운 어머니
보고 싶은 엄마

낙엽 소리

가을의 끝자락
낙엽이 여기저기 굴러다닌다
사그락사그락
낙엽을 밟으면 안쓰럽다
한때는 좋아서 사랑했었지

낙엽
삶의 무게를 벗어던졌다
낙엽처럼 굴러갈 인생길
오늘의 소중함을 알려주듯
낙엽 소리 들려온다

깊어가는 가을

산새 지줄 지줄 노래하는 푸른 숲
어느새 덤불 속에서
퍼덕이는 새
바람이 싣고 오는
쓸쓸한 먹장구름 뒤편에
이별을 앞두고 있다
정겨운 얼굴들
금세 왔다가 금세 나가는 손님들
하늘의 한 조각구름처럼
내 마음 떠간다

노란잎 떨어진 은행나무 바라보며
내일을 기다린다

계절 따라 피는 꽃

가을 소풍을 떠난다
두근거리던 그때가 언제였던가
사랑 좇던 장미도 추억의 계절로 지나고
가을맞이하는 코스모스가 반겨준다
찰칵찰칵 카메라에 활짝 웃는 모습
어린 소녀인 양 수줍은 얼굴
질투도 없고 흉도 없고 한마음이다

봄에 피는 꽃도
여름에 피는 꽃도
세월 따라가고
가을 코스모스가 한들한들 춤을 춘다

겨울비

겨울비가 내린다
이별의 아쉬움이 한껏 다가온다
잎새 떨어진 자리에
빗물이 맺힌다
그새
새싹 틔울 준비를 하는가 보다
추운 겨울
온몸으로 견뎌야 하는
앙상한 나무
겨울비가 아프다

겨울나무

나뭇잎 다 떨어지고
앙상한 몸으로 겨울을 난다
예쁜 꽃 잎새가
추위를 이겨내기 힘들 걸 알기 때문이다
훗날 꽃을 피우기 위해
홀로 겨울을 지키는 나무

인생처럼
보고 싶고 그리우면서도
자식 장래를 위해
떠나보내는 부모
철을 앞세워 오는 서리 앞에서
뼈 울고 살 떨리지만
사랑으로 잎새를 떨군다

늙어가는 길

어릴 적 친구가 왔다
천진난만하고 씩씩한 모습은
어디로 갔는지
모습이 서툴게 보인다

늙어가는 길목에서
몸과 마음의 감각이 서툴기만 하다
꿈 많던 그 시절은 가고
마음 비워야 하는 노년의 길을 가고 있다
나이를 먹는다는 것
나를 곱게 물들이는 길
아침에 뜨는 태양도 아름답지만
저녁노을 빛이 더욱더 아름답듯
늙어가는 길이
아름다운 황혼 길이다

변치 않는 마음

눈만 뜨면 열어보는 핸드폰
벌써 친구들이 기다린다
고향에서
타향에서
세월이 흘러도 변치 않는 마음
거센 풍랑을 헤치며
단단해진 바위같이
수십 년 세월에
단단해진 우정 변함없으리

아들

엄마 뱃속에서 세상에 나와
울리기도 하고
기쁨을 주기도 한 아들
오늘은 대장부 되어
버팀목 되어준다
엄마 자랑 엄마 기쁨이다

익어가는 길

말복이 지나면 가을이다
곡식은 여물어 가고
주렁주렁 고추는 빨갛게 익고
과일들은 제각기 향기를 즐긴다

길 것만 같았던 젊은 날이
구름처럼 바람처럼 흘러가고
알콩달콩 아둥바둥 살아온 길

중천에 떠 있던 태양이 기울어
가슴 붉게 물들인 황혼
저녁노을을 본다

달맞이꽃

길가에 핀 달맞이꽃
손꼽아 기다리고 기다린 만남이
허공에 날아가 몸도 오므라졌네
밤이면 달빛 속에서 만나볼까
활짝 핀 얼굴
이 밤도 곱게 곱게 피었네
달빛에 고향을 그리며
달빛에 그리운 얼굴 바라보며
이 밤도 기다리네

보슬비가

언제부터였던가
꽁꽁 뭉쳤던 마음이
금 가기 시작했지
하루하루 깊어진 상처
쓰라리게 간직하고

보슬보슬 보슬비가 내린다
사뿐히 사뿐히
너의 가슴에
나의 가슴에

초복날

아침부터 찜통더위다
오늘은 땀 흘릴 준비를
단단히 한다
해마다 삼복 날이면
대박을 한다
복날은
더위 이겨내라고
기력 보충하는 날

오늘은
얼마나 많은 손님이 올까

추억의 아이스크림

찜통더위다
친구와 카페에서
팥빙수로 어릴 적 추억을 파낸다

작은 할머니 댁을 간다고
언니는 일곱 살 나를 데리고
머리 자르러 시내로 나왔다
언니는 아이스크림을 하나 사서
내게 주었다
처음 먹어보는 아이스크림
빨고 빨아도 축이 나지 않던 아이스크림
머리 자를 시간이 되어
채 먹지 못하고 버렸다
가난했던 어린 시절
아깝고 달달한 아이스크림
마음 깊은 곳에 박혀 있다

3연지

강물처럼 흘러 흘러

나라와 나라 사이를 흐르는 두만강
그 시절 세월 따라 탄생한
연변조선족자치주가 내 고향

두만강

내 고향 그쪽 도문강
나라와 나라 사이를 흐르는 두만강
그 시절 세월 따라 탄생한
연변조선족자치주도
강물처럼 흘러 흘러 그곳이
내 고향이다
수많은 사람이 생사를 함께한 두만강
오늘도 생계를 찾아 오르고 내린다

국경의 밤

밤을 헤치고
두만강을 건너온 사람들
순경들 왔다 갔다 하는데
발각 안 되고 무사히 건너온 사람들

간혹 총소리에
강도 못 건넌 채 잡혀가는 사람들
흐느껴 우는
겨울의 얼음장 끊어지는 소리가
밤하늘을 울린다

별 반짝이는 밤

지지고 볶고 떠들던
하루 일을 끝내고
보금자리 찾아간다

집마다 밝혔던 전등이 꺼지고
별빛 따라 꿈나라 간다
즐거운 꿈
신비의 꿈
알록달록 피고 또 피우며
내일을 열어간다
새날이 반짝반짝 빛나리라

기적의 꽃

쓰러졌다는 친구와 화상통화를 했다
꿈인지 생시인지
성숙한 엄마의 모습은 어디로 가고
어린아이 모습으로 변해 있다
다시 볼 수 없을 것 같아
가슴 조이고 애간장 태웠던 날
하늘이 무너지고 땅이 꺼지듯
내 마음도 무너졌지
하루라도 워이신*으로 만나지 못하면
죽을 것 같이 답답했던
서로 그 마음을 알아주는 하늘의 은총
정성이 지극하면 돌 위에도 꽃이 핀다는데
기적의 꽃이 피어나길
간절히 기도한다

* 중국인 사용하는 카톡

피보다 더 진한 물

장미꽃 물든 5월이 가고
초록의 6월이다
아침 뻐꾸기 우는 소리
마음을 파고든다
90년도 한국 길에서
힘들었던 그 시절
힘주고 도와주던 고마운 분
보이지 않는 곳에서
아름다움을 선물한 천사 같은 분
피보다 더 진한 물
어디에 계시는지
찾고 싶다
만나고 싶다
부디 건강하시길 빈다

야속한 세상

무정한 세월은 마음을 아프게 한다
연변의 오빠와 언니에게 화상 통화를 했다
맑고 밝은 모습
청춘의 희열로 끓던 모습은
어디로 갔는지
부모님 빈자리 지켜 주신
오빠와 언니
그 사랑으로 마음 든든하고 행복하다

세월은 무정하여
오빠 언니의 청춘을 빼앗아 갔다
만날 수도 없고
갈 수도 없게 하는
야속한 세상
한 계단 한 계단 올라
80계단으로 오르시는 오빠와 언니
이젠 더 오르지 말고
멈추었으면 좋겠다
오래도록 오래도록 함께하길 빌고 빈다

아쉬움만 남기고

동창들이 왔다가 갔다
텅 빈 자리
왜 이렇게 아쉬울까
왜 이렇게 허전할까
다시 돌아올 수 없는 순간

우린 그냥 그 순간에
우린 그냥 그 자리에
머물면서 웃고 떠들면 안 될까

아름답던 우리의 그 순간들
그때 그 시절의 추억이
새록새록 떠오른다
돌아올 수 없는 그 순간들을
그저 바라볼 수밖에
아쉬움만 남는다

동창생

전화벨이 울린다
동창생 강군이가 친구들과 온단다
세상이 무엇인지 감감했고
우정이 무엇인지 몰랐던 시절
동창이란 학연을 맺고 세월의 길 걸어온 우리
비 오는 날도 바람 부는 날도 눈 오는 날도
교정의 종소리와 함께 달려온
모교 집중소학교

영원히 머물 줄만 알았던 시간이 흘러
졸업식 노래 울먹이며 부르고
또 다른 인연으로 작별의 아쉬움 되풀이하면서
우정과 사랑은 깊어만 갔다

세파의 먹구름 속에서
앞만 보고 달려온 우리
어느 날 문득
아~ 그리워라 학창 시절
높은 희망 펼치던 시절이 푸르게 푸르게
보랏빛 꿈을 키워온 친구들아!
새싹 돋아나는 봄에
추억의 꿈을 펼치며 앞으로 나가자

고향 친구들

기다리고 기다리던 고향 친구들이 왔다
언제 오려나 눈이 빠지도록 기다리던 친구들
코로나 때문에 만나지 못한 그 세월
초록이 몇 번이나 피고 져도 만날 수 없었지

반갑다 친구들아!
세상이 아무리 우리를 갈라놓아도
변함없는 우정
학창 시절 오순도순 소조 공부하던 그 모습이
새롭게 새롭게 눈에 떠오른다
몸은 세월의 바람에 변했어도
마음은 그냥 그때 그 소녀다
사랑하는 친구들아!
우리 늙지 말고 오래오래 푸른 소나무처럼
싱싱하게 살자

서울 나들이

동창의 초대로
서울 나들이 간다
동창 만나는 마음이
고속도로를 급하게 달린다
한때는 푸른 꿈으로 부풀었었지
추억이 차창 밖을 스친다

만나 얼싸안고 반긴다
연길 양꼬치구이 거리
서울 중심에 서 있다
개혁 개방의 불씨가
타국 서울에서 불꽃 핀다
연길 샤브샤브
훠궈댄* 양고기 샤브샤브
구수하고 시원한 고향의 맛
너도 한 잔 나도 한 잔
그 시절 향수에 취한다
잊히지 않는 맛
서울나들이에서 고향 맛 즐긴다

* 훠궈댄 : 연변에서 쓰는 중국말

소식 끊긴 친구

친구가 뇌출혈로 쓸어졌단다
청천벽력이다
카톡이 끊긴 지 열흘
하루라도 소식 없으면 궁금하던 친구
서로 기뻐하고 슬퍼하고 울기도 했지
세월이 가고 가도 변치 않은 마음
지난날이 아련하게 떠올라 울린다

이제 자식들 다 커서 살 만한데
하늘이 무정한가
세월이 야속한가
허무한 인생

사랑한다 친구야!
어서어서 훌훌 털고 일어나
다 하지 못한 이야기 하자
친구야! 사랑한다

선물 앨범

딸이 부러워하는 엄마의 마음 아는지
아들이 한 장 한 장 정성 들여 엮은 사진
한 권의 인생 앨범을 선물한다
“엄마! 심심할 때 보세요”
옛 추억이 눈앞을 스친다
엄마도 청춘 시절이 있었지
세월 따라 변한 모습
한때는 봄에 핀 꽃처럼
한때는 오월 장미처럼
그 시절은 가고
세월의 가을바람에
이리 날리고 저리 날리고
젊은 날 모습에
마음 황홀하다
아들아! 고맙다

입하

밭이랑을
파랗게 덮어놓은 씨앗
꽃이 만발하던 들판이
초록으로 변신한
입하다
마법 같은 자연의 변화
봄이 금세 사라지고
여름이 어느새 다가왔다
비가 오고 눈이 오고 바람 불며
세상을 흔들어도
여름은 소리 없이 더 푸르게
더 푸르러진다
나의 삶도 말없이 말없이
나의 길도 조용히 조용히
엮어지길 바란다

세월에 등 기대며

운명인가
기나긴 인생길에 세찬 비바람
세월에 등 기댄 채
인생의 끈 이어온
어느 날
갑자기 폭풍이 일어나 헤맬 때
너는 손을 잡아주었지
슬픔에 괴로워할 때
너는 어깨 내밀어 주었지

세월은 흘러 흘러
황혼 노을 바라보며
두 손 꼭 잡고 정 나누고 있네

내 가족

엄마는 자식 열 명 낳으시고
반작이 하셨다
같은 엄마 젖으로 자란 다섯 자매 형제
개성은 달라도 형질이 같은 핏줄
노래 잘 부르는 언니
공 잘 차는 오빠
서로 보듬고 사랑하는 우리 가족

세월이 흘러 파도처럼 스쳐 간
수많은 사연
동생 잃은 아픔도 삼키면서
부모님 빈자리 지키시는 큰오빠
오빠를 이웃하는 언니
세월의 나이테가 얼굴을 수놓아도
부모 모습 꼭 닮은 오빠 언니
오늘도 먼 나라 와있는
나를 걱정 하신다
눈시울이 뜨거워지면서
한없이 그리운 내 가족

엄마표 된장

엄마표 된장을 담근다
대대손손 내려오는
구수하고 짠맛 나는 된장
겨우내 메주를 벽에 걸어
가마솥에서 나오는 김으로 숙성시켜
장맛이 좋았다
된장처럼 구수한
엄마의 달콤한 사랑이
내 마음 내 손에서 익어간다

엄마표 된장이
장독 듬뿍 차 넘친다

다시 시작하는 길

꽃들이 떨어지고
새 잎새가 올라온다
길이 끝나는 곳에서
길은 다시 시작한다
파도가 지나간 바다는 잔잔하고
비가 온 뒤에는 태양이 비춘다
인생길은 험한 길도 있고
알 수 없는 길도 있다
비가 오는 날
눈이 오는 날
그러다가 해가 뜬다

승부

네가 이길까
내가 이길까
선수들의 마음은 애탄다

지난 세월
어린 아들 학교 시절이 떠오른다
감기 들어 학교 가지 말라 하니
엄마! 그러면 내가 우수 학생이 못 된다면서
학교 가던 아들
오늘도 그 승부는 계속이다
목청을 돋우고 외치는 소리
처음부터 마지막까지 가는 승부의 길
하루하루 긴장하다가
금메달 타는 선수의 눈물은 기쁨이다

4연지

날이 가고 달이 가도

기다림이 작아지는 만큼 그리움이 커지며
달이 되고 별이 되어 다시 피는 마음의 꽃

벚꽃 활짝 피는 봄

겨우내 몸 움츠리고
떨던 꽃봉오리들 몸을 푼다
햇살에 수줍은 춤사위다

봄 향기에 엄마 생각난다
힘겨운 몸으로 사랑을 선물하신 어머니
그 향기가 세상을 아름답게 장식한다
꽃이 아름답다면
인꽃은 더 아름답지 않을까
꽃향기는 천 리를 가지만
인향은 만 리를 가지 않을까

고향의 진달래

4월 말이 되면
고향 산천엔 진달래꽃 만발한다
피눈물 같은 마음 하나하나
사뿐히 뿌리며
보릿고개 넘어온 고향의 진달래
진달래꽃 한 움큼 쥐고
질겅질겅 씹어가며 온산을 헤매던 기억
차가웠던 날
뜨거웠던 날
울고 웃고 보낸 세월

갑자기 폭우가 쏟아지면
외로움으로 숨을 죽이고
그러다가 그러다가
개이면 따스했지

진달래꽃이 핀다
지나온 추억 따라
세월의 한을 따라
진달래 보러 가자
그리운 연변으로

그리움의 꽃이 핀다

봄비 내리고 꽃이 만개한다
아련한 그리움이 마음을 울린다
한창 꽃피는 시절에 떠난 동생
날이 가고 달이 가고 세월이 가도
마음 한구석에 숨었다가 다시 움트는 싹
이 봄도 보고픔에 그리움에 몸부림친다

달맞이꽃이련가
시린 겨울 지나 밤에 피는 꽃
아침을 향한
기다림이 작아지는 만큼
그리움이 커지며
시들기도 전 지는 목숨
달이 되고 별이 되어
다시 피는 마음의 꽃

봄은 그리움

새싹이 아기 이처럼 뾰족뾰족 올라오는
봄이다
내 마음에도 옛 추억이 새록새록 떠오르는
봄이다

어린 시절 엄마는 늘 아프셨다
동생을 낳으시고 산후병으로 힘드셨다
봄이면 아빠는
동네 엄마들과 산나물을 따오셨다
삽지순이며 딱지색 고사리 가지각색의 나물들
세채시금치*는 새콤달콤 달달한 봄철 간식이다

산더미같이 따온 산나물
아빠의 땀방울 스민 호식 산나물 반찬이다
산나물은 나의 추억
산나물은 나의 그리움
아빠의 모습이 내 마음 울린다

* 세채시금치 : 연변 향토어

멍든 세상

맑은 하늘이 서서히
잿빛 구름으로 멍든다
코로나19는 멈추지 않고
더 기승을 부린다

지구촌 한쪽에서는
평화를 뚫은 총소리 나고
평안했던 사람들은 산지사방 흩어져
내 갈 길
내 갈 길
줄행랑이다

삭막한 세상에서
척박한 세상에서
멍든 내가 멍든 너를 바라보고
멍든 네가 멍든 나를 위로한다

멍든 세상
사랑도 멍들고 행복도 멍든 세상
평화로운 맑은 날이 오기를
간절히 간절히 기도한다

희망의 끈

매일 매일 문을 열면
찾아오는 손님들
오늘도
먼 길을 찾아오신다
젊은이들
어르신들
서울에서 시골에서
방방곡곡에서
찾아오는 손님들
"참 맛이 좋습니다. 부자 되세요"
응원의 한마디 한마디가
마음을 울린다
각박한 세월
힘든 나날에
희망의 끈을 풀어주신다

단비

까맣게 까맣게 탄
새 풀잎들
봄을 보고 싶어 한다

까맣게 까맣게 탄
가슴 가슴마다
칼로 심장을 도려내듯
한 시간 한 시간이
흘러 흘러
새살이 돋아나는
봄이 온다

하늘에서 단비가 내린다
파릇파릇 새싹이 돋는다
희망의 새싹이 돋는다

고향을 그리면서

- 3 · 8절

오늘은 3·8절*
여성의 명절이다
절반 하늘 떠인다고
높이 올려주신 고향의 절제다

남성들은
아침 일찍 밥 지어놓고
여성에게
예쁜 옷 사주고
예쁜 꽃 선물하고
회사에서
거리에서
웃음 축제 기쁨 축제다

한 하늘 아래 사는
저쪽 마을에선
굴뚝막에서 연기가 나고
이쪽 마을에선
굴뚝막에서 서리가 낀다
고향 생각난다

* 3·8절 : 국제여성의 날 / 연변 향토어(북한어)

추억의 봄

화창한 봄이다
버들강아지가 추위를 뚫고
세상 구경 나왔다
파릇파릇 얼굴 내민 냉이
옛 추억이 떠오른다
밭갈이하시는 아버지 뒤따라
달래 한 바구니 금방 주었다
어려웠던 세월이라지만
들에 나가면 봄나물 풍성하고
마음도 넉넉했다
엄마가 끓여준 달래 된장국의
구수한 냄새가 마음 적셨던
그때가 그립다

잡을 수 없는 마음

봄이 온다고
겨울이 시샘하는가

매서운 추위에
몸은 움츠러들고
마음은 급하다

한 곳에선 열기로 타오르고
한 곳에선 아픔으로 시달림받고
눈만 뜨면 이 소식 저 소식
저울질만 하는 세상
계절은 말없이 오는데
내 마음은 어디로 가야 하는지

봄이 온다

어느새 봄이 온다
추워서 떨고
괴로워서 못 견뎠는데
봄은 겨울 땅에 숨어서
보고 있었나보다
아직은 골짜기 눈이
녹지 않은 마음
봄을 기다린다

봄을 재촉하는 비가 내린다
호루라기 소리인가
쭈룩쭈룩 봄을 알린다
봄이 온다
봄이 온다
연분홍빛으로 피어나는
고향의 진달래
어서어서 가보자
그리운 고향 연변으로

어머니에게

- 어머니 생신을 기념하여

오늘은 어머니 생신
축하합니다
생전에 한 번도 드리지 못한 인사
막내딸의 불효를 용서하세요
자식들 생일은 꼬박꼬박 챙겨주시면서
당신 생신은 그냥 스쳐 보낸 어머니
주름진 한숨의 세월에
바다처럼 모든 걸 품에 안으시고
홀시아버지 모시고
어린 시누이
자식들 키우신 어머니
어머니의 남루한 옷차림이
선히 떠오릅니다

어머니!
세상에서 가장 든든한 어머니
이젠 모든 짐 내려놓으시고
홀가분하시지요
어머니

보고 싶은 어머니
부디 아픔도 걱정도 없는 곳에서
평안하시길 빕니다
사랑하는 어머니

깨달음

한 살 더 먹는다는 음력설
함박눈이 펑펑 내린다
방향 없이 날리는 눈
어디에 떨어질까
땅 위에 떨어질까
물 위에 떨어질까

대학을 나온 아들이
좋은 직장 구하느라고
컴퓨터에만 매달려 있다
엄마 속은 재가 되는데

그러던 아들이
건설 현장에서 일을 한다
엄마 난 왜 그때 몰랐을까요
방향을 잃었던 눈이
땅 위에 떨어져
차분차분 싹을 틔우고
꽃을 피우리라
아들아! 고맙다

엄마의 설날

창밖에서
까치가 아침잠을 깨운다
기다리고 기다리던 설날이 온단다

한 밤 두 밤
달력만 바라보시던 엄마
자식들 손주들 생각에
밤을 지새우시던 엄마

오늘은 내가 엄마 되어 기다린다
한 밤 두 밤
내일이면 아들이 온다
엄마도 먼 고향에서
딸을 기다리고 계시리라
보고 싶은 울 엄마

겨울비

겨울비가 내린다
며칠 후면 설날
부모 형제 단란히 모이는 명절
날이 갈수록 살얼음판 치는 코로나에
가고 싶어도
보고 싶어도
갈 수 없는 이 몸
하늘도 무정하지
질척질척 눈물비만 내린다
하늘이시여!
맑은 날을 열어주소서
고향으로 가는 길 열어주소서

동지 팥죽

딩동
문자가 들어온다
동지 오르강팥죽* 먹었니
고향을 지키고 계시는 큰 오빠
동짓날이면 엄마가 한 솥 해놓고
온 식구 모여 앉아 먹던
오르강팥죽
그 팥죽을 오빠가 한 솥 해놓았단다
엄마 생각나서
나쁜 기운 없애고
동글동글 재미있게 살라는
동지 오르강팥죽
엄마 생각난다

* 오르강팥죽 : 동지팥죽에서 새알심을 동그랭이로 지칭한데서 비롯(연변 향토어)

겨울에 핀 장미

5월의 여왕 장미가
엄동설한에 웃음 짓고 반겨준다
고향 진달래가 그리워할까 봐
한 아름 안겨준다
고향 정만 정인가
타향도 정들면 고향이란다

누가 가시 돋친 장미라 했는가
그 속 숨결이 사랑의 떨림이라는 걸
그 떨림이 모여 시가 나오고
웃음꽃이 핀다는 걸
계절이 지나 핀 꽃이
더 아름답다는 걸

장미야 고맙다

5연지

거울 앞에 앉아

눈가에 주름이 한 줄 두 줄 늘어난다
거미줄처럼 삶의 터전을 가꿔온 아름다운 주름

세월의 주름

아침 세수하고 거울 앞에 앉는다
어느새 눈가에 주름이
한 줄 두 줄 늘어난다
거미줄처럼 삶의 터전을 가꿔온
아름다운 주름
모진 세파를 뚫고 피어난 주름
이제 얼마나 더 필까
세월 따라
거미줄처럼 한 줄 두 줄
더 피어나겠지

생일을 맞아

나뭇가지에 새싹이 나오면
그게 기적이란다
엄마는 나를
열 달이나 몸에 품고 있다가 낳았다
그 고통 얼마나 힘드셨을까
몸 회복하시려 미역국을 드셨단다
오늘 그 미역국을 먹는다
부끄럽다
목으로 넘어가지 않는다

꽃이 곱게 피면
한들한들 춤을 춘다
꽃은
땅속에서 뿌리내리고
싹 틔운 씨앗을 생각할까
나도 그렇다
내가 미역국을 먹는 날일까
미역국을 들고 엄마를 찾아
고향 산으로 가서 뵈어야 하지 않을까

추석 선물

달이 뜬다, 달이 뜬다
추석 선물 보름달이다

달을 낳는다, 달을 낳는다
월출산 천왕봉에서 보름달을 낳는다
달이 뜬다, 달을 낳는다
고향 일광산 봉우리에도
둥근달이 뜬다, 둥근달을 낳는다
고향에서 타국에서
서로서로 얼굴 보라 달이 뜬다
둥실둥실 두둥실
서로서로 그리운 보름달을 낳는다

고향에도 여기도
둥근 달님 떠오르고
그리운 얼굴
보고 싶은 얼굴
모두 달맞이꽃처럼 환하게 웃는다
울 엄마 울 아빠도
추석이면 울 보러 오시겠지
꽃처럼 활짝 핀 웃음
엄마 아빠 보고 싶다

엄마의 파마머리 · 1

세월은 흘러 엄마 나이가 되었다
감기로 방에 누워 이 생각 저 생각에
엄마가 생각난다
언제나 아프고 힘들면 제일 먼저 찾는
엄마의 품

엄마의 파마머리가 떠오른다
막내아들 잃고 절망에 시달리시던 엄마
매일매일 고통으로 눈물에 젖으셨던 엄마

나는 딸이라는 값없는 이름 때문에 모시지 못하고
자주 찾아뵈었다
돌아설 때마다 엄마의 괴로움을 보고 비 오듯 한
눈물

그날은 엄마 머리를 빗겨드리려고 빗을 들었다
빗이 내려가지 않는다
울컥 치미는 애통과 화에 엄마 머리를 싹둑 자
른 가위질
마치 한족 할머니 모습처럼 보인다

머리를 움켜쥐고 한참 속울음으로 흐느끼다가
미용원을 가서 파마를 해드렸다

엄마 생애 그렇게 하고 싶었던 파마머리
막내딸이 원을 풀어드린 것 같았다

세상의 여자들 머리 미용하면 모두 예쁘지만
울 엄마처럼 예쁘고 멋진 여자는 없는 듯하다
울 엄마
파마머리로 부잣집 마님이 된 듯하다
저세상에서는 엄마의 웃음이 꽃처럼 피리라

엄마의 파마머리 · 2

옆집 미용원에
팔순 할머니가 파마하러 오셨다
엄마의 젊었을 적 말씀이 떠오른다

고모를 동무하여 미용원에
파마를 하러 갔다가
할아버지가 못 하게 해서
그대로 돌아왔단다

현모양처로 홀시아버지 모시고
어린 시누이 키우신 엄마
노년에 몹시 아프셨던 엄마
젊었을 적 기름진 머리는
엉켜서 빗이 내려가지 않았다

이후 엄마 소원 풀어드렸다
파마머리
얼마나 예쁜지 귀부인 같았다
세상에서 제일 예쁜 울 엄마의 파마머리

저세상 엄마의 웃는 모습이
거울 속에 비친다

보름달

- 동생을 그리면서

– 너는 나를 보고파
나는 네가 그리워
너도 나도 그리움으로
둥근달이 되는 한가위

초승달이 뜨던 날
너는 나를 아프게 하고 떠났지
이별의 아픔을 남기고
네가 보고파서 네가 그리워서
오늘도 둥근 추석 달을 바라본다

– 너는 내 앞에 가고
나는 네 뒤에 가고
네가 가는 길은 슬픔이고
내가 가는 길은 눈물이었네

슬픔이 우리 길을 힘들게 하고
눈물이 우리 길을 삼켜버렸네

너는 별이 되고
나는 별을 바라본다

초록은 오는데

- 동생을 그리면서

— 아침 산책길
보슬비가 내린다
이름 모를 꽃이
생긋생긋 웃는다

어린 시절 동생과 함께
비 맞으며
뛰놀던 때가 떠오른다
촉촉 눈물 맺게 하는 비
동생이 그립다

— 붉은 꽃잎 따라 봄은 가고
초록이 짙어지는 여름
나무들이 서로 안고 숲을 이루는데
외롭고 쓸쓸해
더 볼래야 볼 수 없는 줄 알면서도
그리워지는 마음
숲의 고요와 동침하며
외롭고 쓸쓸한 마음 달랜다

비가 오는 날

- 동생을 그리면서

비가 온다
비가 또 나를 울린다
너는 비가 오는 줄 모르고 있지
나는 비만 오면 눈물이 나는데
네가 보고 싶어서
네가 그리워서
언젠가는 비도 끊고
내 눈물도 끊는 날이 오겠지
얼마나 더 울어야
얼마나 더 그리워해야 하는지
빗방울이 가슴을 친다
눈물을 보이지 말자고
씩씩하게 살아야 한다고
네가 그랬지
누나는 잘 살 거라고

그래, 누나는 눈물 흘리지 않을 거야
그래, 너를 대신해 씩씩하게 살 거야
나의 사랑하는 동생을 위하여

엄마 같은 당신

- 병환의 언니를 그리면서

철없던 어린 시절
동생과 나는 당신이 엄마인 줄 알았습니다
깃 태어난 동생을 품에 안고 밤을 새우신 당신
시집도 안 간 처녀가 어린 엄마가 되었지요
당신의 사랑으로 밤이 깊어지고 해가 떴습니다
당신의 정성과 사랑으로
동생과 나를 지켜냈습니다
내 생애 가장 소중한 당신
당신이 영원으로 가는 길까지
함께 가주시리라 굳게 믿습니다
당신에게 속한 모든 것이
당신처럼 귀합니다
당신의 사랑도
당신의 아픔도
모두 나의 것입니다
인제 내가 당신을 품에 꼭 안아주리라
내게
아~ 내게 엄마 같은 당신
부디 건강하시길 빕니다

아픔

- 조카를 그리면서

겨울 추위가 살을 찌른다
어릴 적부터 총명했던 조카
공부 잘해서 모범생이었지
가문에 독자라고
굳게 몸을 지키라고
태권도를 배우던 조카가
불치의 병으로 앓고 있다
한창 꽃피울 나이에
병원에 갇혀 있다
코로나 때문에 가지 못하는 이 몸
이모를 얼마나 기다릴까
이모, 이모
이모밖에 모르는 조카
아프다
아프다
가슴이 터진다

노인절

오늘은 고향 연변에
어버이날이다
손자 손녀 앞세우고
부모님 모시고
온 가족 명절 축제 한마당
그 시절이 그립고 그립다
개혁 개방의 물결 따라
산지사방으로 헤어진 가족과 이웃들
고향에서 타향에서 마음이 모인다
민족 특유 문화 연변의 노인절*
민족의 전통
길이길이 이어가리라

* 노인절 : 노인을 존대하는 연변 노인절 8월 15일

그때 그 시절

6월의 첫날, 뜻깊은 날
고향에는 6·1 아동절*
어린 시절 행복했던 기억들
넓고 푸른 들판을 뛰어놀던
그때는 멀리 가버리고
그립기만 하다
철없고 꿈 많고 겁 없던 학교 시절은 추억으로
얼굴엔 세월이 내려앉아 주름지고
까만 머리는 서리가 내렸다

지난날이여 다시 한번
그때 그 시절로 돌아간다면
더 멋지게 살리라

사랑한다 나의 벗들이여
행복한 6월의 첫날
추억의 6.1절

* 아동절 : 중국의 어린이날

겨울의 추억

동짓달 추위가 시작된다
잎새가 떨어져 앙상한 나무
변덕 심한 바람에
냉기의 코로나
맘도 몸도 서린 겨울이다
외투를 입고 몸을 녹인다

추억에 젖는다
어린 시절 엄마가 지어준
솜바지 저고리
등잔불 밑에서 한 땀 한 땀
바느질하던 엄마 모습
얼었던 가슴 속으로 스며든다
엄마가 지어준 예쁜 솜옷이
시린 몸 녹이며
눈앞에 떠올라 울컥한다

너와 나의 길

고고성을 울리며 세상에 나와
엄마 품에 안긴 너
하늘이 내려준 인연의 끈으로
엄마와 아들의 길을 걷는다
산이 울면 나무가 울듯
네가 생긋거리면 엄마가 기뻤고
네가 아프면 엄마 마음 칼로 저미는 듯했지

세월이 흘러 너는 어엿한 청년
엄마는 황혼길 문턱에 섰구나
그동안 뒤돌아보지 않고 걸어온 길
좁은 길도 있었고
험한 길도 있었지

그럴 때마다 서로 미소를 띠며
용감히 걸었지
불가능이란 없었지
이제 우리 인연의 끈을 더욱 동여매고
향기 나는 길을 만들자꾸나

낙엽비

가을비가 주룩주룩 내린다
잎이 우수수 허공을 밟고
내려앉는다
고통과 회한으로 얼룩진 그 세월
뿌리부터 머리끝까지
차오르는 취기로
세상을 견뎌온 너는
나무의 눈물이다
엄마의 눈물이다
자식 키우며
때론 기쁨과 희망을
때론 고통과 슬픔을
안고 견디신 어머니
포근한 낙엽 이불 덮고
편히 잠들고 계신다

아름다운 마음

"많이 힘드시죠?"
삭막한 세상에
손님 한 분의 상냥한 문안 한마디가
썰렁한 가게를 달군다
"소상공인들 힘들 때 현금으로 내야죠"
"내가 그가 또 한 사람이 도우면 힘이 되겠죠"
마음이 울컥한다

세상은 삭막해도
들꽃을 피우는 오아시스 같은 마음
오고 가는 길손들 밟고 또 밟아도
따스한 햇볕 있어
다시 피고 또 일어난다는 것을
세상은 아름다워지리라

고향 동생

고향 동생을 만났다
꿈인지 생시인지
가게에 온 손님 중
고향 친구들과 통화하는
전화 소리가 귀를 울린다

연변에서 오셨어요?
세상에 이런 우연한 만남도 있을까?
고향에서 일곱 살 때 본 기철이
나의 친구 순애 동생이란다
어엿한 대장부가 되었다

동생 잃고 수십 년을
가슴 태우며 살아온 나날
동생이 하늘에서 내려왔다
회사에서 소장직 맡고
매일 일꾼들 데리고 온다
친동생 만난 것 같다

사는 건
때론 가슴 아프게
때론 짜릿하게
때론 우연히
가슴 울린다

<跋文발문>

연지 시인의 그리움

따스한 불빛을 보고 싶다

- 그리움은 그리움을 낳고

증재록 한국문인협회홍보위원

1. 바라보는 눈길은 소리 없고

어쩌다 대륙이라는 땅 연변에서 고고성을 울렸는지 따지지는 않겠다. 중국 길림성 연변자치주, 태어난 거기가 소수민족 고려인으로 이주하여 조선족으로 개척한 터, 끈질겼던 독립운동의 만세로 문화 전통을 이어가며 흥을 일구는 고향이고 고국이니까, 우리 역사 고구려의 기마 정신이 빛을 내고 있는 거기 '도문'에서 태어나 성장 '심양'으로 열차를 타고 오가며 열심히 살았다. 더 잘 살기 위하여 2003년 고국의 땅으로 달려왔다.

어느새 20년, 그 마음을 펼쳐보리라 시를 쓴다. 면면히 이어가는 지난날과 지금의 이야기, 그래서 늘 그리운 고향 '연변의 지금은', '연지'라는 이름을 받고 심안을 펼쳐 시를 쓴다. 동녘이 햇귀를 열면서 타오르는 불을 헤쳐 살아가는 꽃을 피운다. 빛살이 꿈틀꿈틀 시간을 잡고 돌아나간다. 바람 비 눈이 갈기를 세우느라 허겁지겁 이다. 저쪽 수리 날개는 물결 위로 햇발을 내려 자맥질한다. 그윽이 바라보는 눈길은 소리 없고 잦아드는 저녁노을이 그리움을 채우면서 그 배경으로 대륙을 가로지르는 열차를 탄다.

연변의 신명 난 풍악이 울린다. 장단마다 펼쳐지는 고향 이야기, 태어나 청춘을 사른 고향 연변이 밀물처럼 밀려오는 그리움으로 고독이 엄습한다. 낯선 내 선조의 땅 고국에 와서 강한 척 내디디는 발걸음이 총총 뛴다.

나약해진 손길이 가리키는 따스한 불빛이 보고 싶다. 길목마다 마주치는 각도를 재며 펼치는 목표는 고향 가는 길, 노을이 꿈의 꽃불로 타오른다. 슬픔에 아픔도 이제는 희망으로 노을을 펼친다. 아침 점심 저녁을 모두 묶은 밤이 오면 너 나 없이 똑같은 검정, 장막을 치고 새 탄생을 기원한다. 고향 연변으로 블랙홀처럼 빠져드는 이 밤, 거기 어둠을 밝히는 빛살이 '그리움은 그리움을 낳는다.'

2 무거워야 가벼움을 안다.

숨 그 깊이에 탕탕 북을 치듯 울림이 길기를 바란다. 태어난 연변에서 지금 사는 여기 무극이 멀고 길다. 그 길이가 순명인지 숙명인지 언제나 오늘을 열심히 최선을 다한다. 삼동 밤이면 더 깊이 떠오르는 연변에는 저세상의 엄마 아빠가 하늘에서 내려다보고 노인이 된 오빠가 보고 싶어 더 달려가고 싶다. 그동안 코로나로 멀어졌던 거리에 찌푸린 날씨까지 마음이 무거웠다. 무거워야 가벼움을 안다고 그 기대가 오늘을 버티는 힘이다.

오랜만에 기차를 탄다
내 고향 연변에서
개혁 개방의 물결에
몸을 싣고 시간을 독촉한 열차가
차창으로 그림을 그린다

도문에서 심양으로
심양에서 도문으로
먹어야 산다는 숨길 하나가
숨 가쁘게 드나들었던 나날
빼곡 빼곡 앉은 사람 속을 비비며
기적소리에 새벽 눈을 뜨으며 달려오고 간 열차

오늘
그 추억의 길을 간다
울음과 웃음이 어린 창으로
잊어야 할까 간직해야 할까
그것도 추억이라고 연이어 스친다

— 「추억의 열차」 전문

숨길 찾아 숨 가쁘게 드나들었던 그때 그 땅이 그리워 추억의 기차를 타고 향수에 젖는다. 머잖아 내 탄생의 길로 달려갈 희망이 보인다. 희로애락을 담은 시집 한 권이 오빠 품에 안기는 꿈을 현실로 펼치는 날은 말없이 눈물만 흐를 것 같다. 눈물을 넘어 울음이 터지면 막지를 못할 것 같아 걱정이다. 그래 걱정이라면 소망은 곧 이루질 거니 이제 차근차근 준비하는 거 그날이 웃음으로 다가온다.

고향을 떠나온 지 20년

물설고 낯선 타향의 설움
참고 견뎌온 세월
손발이 닳도록 뛰고 뛰어
제2의 고향 정착했다

사람 사는 곳은 어디나 같다고
엄마가 가르쳐주신 명언이다
타향에도 정이 있고 사랑이 있었다
보이지 않는 곳에서
묵묵히 지켜주고 달래주고
사랑을 준 천사
그 사랑으로 시의 꽃을 피우고
그 사랑으로 시인이 되었다
타향도 정들면 고향이라더니

— 「타향에서」 전문

태어난 땅을 떠나 국경을 넘어온 지 20년 아직도 가지 못한 고향 생각으로 마음이 어둡다. 어두워야 빛이 들어온다고 그 빛이 구름장을 민다. 가면 오고 오면 다시 가고 이별이 있었으니 다가서는 만남도 필연으로 다가올 거, 온통 비어 있던 허공이 사랑의 만남으로 꽉 찰 그날이 부푼다. 그게 오늘을 신명내며 지금이라는 현실의 시간 속에서 구체적 다리를 놓으며 만남의 희망은 부풀린다.

내 고향 그쪽 도문강
나라와 나라 사이를 흐르는 두만강
그 시절 세월 따라 탄생한
연변조선족자치주도
강물처럼 흘러 흘러 그곳이
내 고향이다

수많은 사람이 생사를 함께한 두만강
오늘도 생계를 찾아 오르고 내린다

– 「두만강」 전문

민족의 한이 서린 강은 오늘도 시퍼렇게 유유하다. 밤이 오면 들려오는 강물 소리가 아련하게 떠오르는 고향, 새야 새야 청둥새야 오리 물빛 건너 저 건너 땅 내 자취를 그린다. 오늘도 새벽 수리물 건너 향수 물살 헤집고 이리저리 만남에서 웃음꽃 피우다가 늦은 밤 가로등 불빛 따라 올려다보는 하늘엔 자유롭게 넘나드는 바람결이 옷깃을 스친다. 또 하루를 보내면서 생계를 위하여 돌아가는 나날이 길을 휘젓는다.

봄비 내리고 꽃이 만개한다
아련한 그리움이 마음을 울린다
한창 꽃피는 시절에 떠난 동생
날이 가고 달이 가고 세월이 가도
마음 한구석에 숨었다가 다시 움트는 싹
이 봄도 보고픔에 그리움에 몸부림친다

달맞이꽃이련가
시린 겨울 지나 밤에 피는 꽃
아침을 향한
기다림이 작아지는 만큼
그리움이 커지며
시들기도 전 지는 목숨
달이 되고 별이 되어
다시 피는 마음의 꽃

– 「그리움의 꽃이 핀다」 전문

밤이면 피어나는 꽃은 그리움이다. 낮이면 일상사에 조급한 손놀림으로 돌아볼 짬도 없어 몰려오는 피로에 겹치는 그리움, 그 앞에 내일이 존재한다. 내일을 위하여 오늘 마음을 펼친다. 아름다운 마음을 꽃으로 피우기 위해 오늘 속에서 내일과 상호 교류를 하면서 고요하게 마음 꽃을 환하게 피우는 거다. 내 고향 고국을 갈 그날을 기다리며 꽃은 한참 더 필 것이다.

아침 세수하고 거울 앞에 앉는다
어느새 눈가에 주름이
한 줄 두 줄 늘어난다
거미줄처럼 삶의 터전을 가꿔온
아름다운 주름
모진 세파를 뚫고 피어난 주름
이제 얼마나 더 필까
세월 따라
거미줄처럼 한 줄 두 줄
더 피어나겠지

— 「세월의 주름」 전문

주름은 살아온 길이다. 편 편 이루려는 꽃이 피고 지는 길, 수다스러움도 하루하루 시간 안에 순서를 넣으면서 힘이 되고 자극이 된다. 한 초가 돌아 한 시가 되고 하루를 지나가도 단절되지 않고 이어지며 영원을 가고 있는 길이 주름이다. 밤에서 낮, 낮에서 밤, 그렇게 돌아가면서 공간을 채우려는 열망이 뿌리를 내린다. 세파를 헤친 만큼 한 줄 두 줄 길게 길을 낸다.

3 괴로움 앞엔 내일이 존재 한다.

연지, 연연하게 펼쳐지는 고향의 지금은 어떨지? 떠오르는 풍경이 울컥하게 한다. 새 떼가 날아오르는 물줄기 그 건너는 조상 땅이라며 자리 잡고 발을 디디지만 그새 이십 년이 흘러 이제 한번 달려가고파, 이것저것 그린다. 보고픔에서 그리움으로 넘어온 길에는 정신의 꽃망울이 맺는다.

머언 타지에 와서 산다는 이름을 펼치다가 문득 떠오르는 고향이 그리움을 짚어 준다. 그동안 고향을 떠나온 외로움을 여기저기 펼치면서 소화를 해오다가 시와 인연을 맺고 갈 날을 손꼽지만 점점 거리가 생기는 것 같다. 오늘도 여전히 고향 소식은 귀를 울린다. 만남이 점점 멀어지고 있는 정, 우리라는 울 속에서 하루하루를 웃으며 지내다가 홀로 서서 답답하다. 오늘을 왜 사는가? 타지에서 타향에서 타국에서 지밀하게 닦아놓은 손은 낯선 땅을 다정하게 하지만 그 안의 안타까움은 언제나 낙엽 구르는 소리 같다.

네가 있어서 내가 있고, 나 너가 우리가 돼서 다정이라는 꽃도 울안에 피어오를 텐데, 만남 그 깊이로 들어가 시를 쓰면서 그리움을 벗으려 하지만 이내 보고픔이 몰려오면서 하늘을 바라본다. 어느새 시절은 칠석을 지나 한가위, 이제 그동안 마음을 담고 정성껏 만든 이 시집을 들고 소망 이루길 빈다.

그리움은 그리움을 낳고

초판1쇄 인쇄 2023년 9월 10일
초판1쇄 발행 2023년 9월 15일

지은이 이영옥
만든이 박찬순
만든곳 예술의숲
등록 2002. 4. 25.(제25100-2007-37호)
주 소 · 청주시 상당구 교서로2
전 화 · 070-8838-2475
휴 대 폰 · 010-5467-4774
이 메 일 · cjpoem@hanmail.net

ISBN 978-89-6807-206-2 03810